KB065682

문학과지성 시인선 448

차가운 사탕들

이영주 시집

문학과지성사

문학과지성사에서 펴낸 이영주의 시집

어떤 사랑도 기록하지 말기를(2019)

문학과지성 시인선 448

차가운 사탕들

초판 1쇄 발행 2014년 3월 31일
초판 5쇄 발행 2022년 11월 5일

지 은 이 이영주
펴 낸 이 이광호
펴 낸 곳 ㈜문학과지성사
등록번호 제1993-000098호
주   소 04034 서울 마포구 잔다리로7길 18(서교동 377-20)
전   화 02)338-7224
팩   스 02)323-4180(편집) 02)338-7221(영업)
전자우편 moonji@moonji.com
홈페이지 www.moonji.com

ⓒ 이영주, 2014. Printed in Seoul, Korea

ISBN 978-89-320-2616-9

지은이는 2012년 서울문화재단 문학창작활성화지원 기금을 수혜했습니다.

문학과지성 시인선 448

차가운 사탕들

이영주

2014

차가운 사탕들

차례

1부

종유석

동굴 안에 주저앉아
물처럼 번져가고 있다

돌이 자라난다

마음이 추락하는 동안

공기를 닦고 있는 검은 손

아무리 문질러도
이곳은 밝아지지 않는다
한밤
밤의 한가운데

떠나간 사람은 떠나가는 것에 의미가 있다

흰 돌

아무리 닦아도
너의 눈 속이 보이질 않아
나는 일생을
그저 닦아낸다는 것

남겨진 사람은
남겨진다는 것에 의미가 있다

돌처럼 자라고 있다

둥글게 둥글게

태어나는 순간에는 왜 나를 볼 수 없을까
미래 밖에서 우리는 공을 굴린다.

가장 아름다운 색깔은 안쪽에 숨겨져 있다.
아픈 사람의 손바닥은 늘 빨개

뜨거운 물속에 잠기면
공처럼 둥글어진다.

방문을 열고 천천히 마당으로 간다.
까마귀의 붉은 속살이 목련 나무 아래 솟아 있다.

새벽을 지나 앞발로 공을 굴리는 고양이
태어나면서부터 날 수 있다면 우리는 다른 색깔을
가졌을지도 몰라

모호한 시작 때문에 처음과 끝을 굴리는 우리는

관측

지구의 중력이 인간의 피를 끌어당기기 때문에 피는 심장으로 돌아오지 못한다. 빛이 폭발하면 별을 볼 수 있다.

천체망원경을 들여다보면 마음이 고요해진다. 이곳에 잔뜩 힘주고 서 있는 것이 어둠으로 가는 길이었나. 렌즈 안으로 푸른 숲이 번진다.

수은이 빛나는 의자에서 우리는 노래를 부른다. 가사랑 상관없이 노래를 불러도 되지? 우리는 사랑한다고 말하면서 헤어지는 노래를 사랑을 담아 부른다. 뜨끈하고 이상하고 *끈끈해.*

새벽에 걸어 들어온 수목림 내가 걷는 숲에는 돌아오지 못하는 피가 물들어 있다.

망원경에 입김이 피어오른다. 물큰하게 젖은 잎들이 흔들린다. 자꾸만 이곳으로 들어가고 싶은 것은 지구에서 흐르는 따뜻하고 아름다운 너의 혈액 때문이었나.

붉게 물든 발이 점점 더 커지기 때문인가.

크고 우아한 벌레. 발에서 빠져나가는 것. 털이 흐르는 것. 폭발한 잔해가 뒹구는 것. 죽었다 생각하면 다시 나타나는 노래.

별자리는 매일매일 사라지고 돌아온다. 혈액이 흘러가듯이.

앵무새가 운다

비가 새는 상자 안에 앉아 말을 합니다. 흠뻑 젖는 밤이면 냄새로도 글자를 읽을 수 있어요.

작은아버지는 빠져나가는 살을 만지면서 미래에는 물이 되지 않겠다고 웅얼거리죠. 이럴 줄 알았으면 죽음을 공부해둘 걸 그랬어요. 독한 냄새에 취해

부리를 닦습니다.

오랜 시간 나의 말만 들으면서 귀가 망가진 나는 조금씩 깃털을 뽑아요. 상자 안에서 또박또박 말을 하고 싶은데 물의 얼굴을 만지는 불가능한 기분

그런 밤은 창문이 흘러내리는 얇은 단면. 풍경의 안과 밖이 서로에게 스며듭니다. 나에게는 내가 있어. 꼬리를 곧추세우며 단 한 명의 청취자가 입김을 불어넣네요. 저는 혼자 있습니다.

화요일은 월요일의 사람들이 목소리만 남기고 떠난
자리. 남은 깃털을 뽑으며 1인 방송을 시작합니다.
빗물에 둥둥 떠가는 의자에 앉아 냄새를 맡습니다.
아무도 주워 담지 않는 글자들이 상자 밖으로 떠내려
갑니다.

현기증을 앓는 고양이

네가 너무 멀어서 나는 벽 뒤로 돌아간다
내 문장은 벽 뒤에서 시작되고

나는 수화기를 붙들고 있는 교환원처럼
너에게 끈질긴 인사를 한다

얼마나 울었으면 등 뒤를 깎아버렸을까
벼랑 속을 들여다보면 현기증이 난다

모든 죄는 눈빛에서 시작되었다
각자의 등짐 속에서 벼룩을 잡고 있는

그대의 울음에 대해서는 아무 말도 할 수 없다
누군가 비가 되지 못한 구름의 기억처럼

나를 자꾸만 부른다면
이 세상 밖으로 빨리 달리는 다리가 되고 싶은 밤

수화기를 들고 걷는다
네가 버리지 못한 벌레처럼 천천히 기어갈 자세로

외로운 자의 얼굴은 점점 길어진다

통곡이 쏟아지는 장마철에는
벽 뒤에 침묵을 새긴다 걷는다

등뼈가 젖는다

폭설

사냥 길을 따라가다 보면 국경에 이릅니다. 내가 나무에 묶어둔 것은 한 번도 본 적 없는 나의 늙은 개들.

북쪽에 있는 나무들이 햇빛을 받고 안쪽을 뾰족하게 갈아대는 시간입니다. 송곳니처럼 태양이 부족하고 심장을 잘 찢어야만 합니다.

어느 나라의 사람도 아닙니다. 살냄새를 맡고 계속해서 위로 올라가고 있었어요. 그것은 떠나는 것도 아니고 걸어 다니고 있는 매일매일과 같습니다. 눈빛이 시려서 잘 씹을 수도 없는 나의 늙은 개들은 나무 밑에 잠들어 있습니다.

나는 쉬지 않고 걸어가 그림자의 밑바닥까지 들어가려고요. 배가 고픈 것은 내가 아니고 나의 늙은 나무들. 하늘을 향해 이빨은 깨끗하게 뻗어 있습니다.

무겁고 축축한 배낭 안에 제일 질 좋은 사냥감을

담아 오겠습니다. 어느 시간의 사람도 아닙니다. 눈금을 지우면서 앞으로 나아가고 있는 것.

사냥의 끝에서 가장 마지막에 만나게 될 단어를 꿈꾸고 있습니다. 나보다 앞서서 달리는 나의 늙은 나무들. 어쩌면 그것을 물고 국경 너머로 사라질지도 모르겠어요. 한 번도 사냥을 해본 적 없는 나는 고통을 바라보면서 방향을 잡는 중입니다.

폭설이 내리고. 얼음 위에서 털모자를 쓰고 벗으며 웃는 아이들의 손을 잡아보고 싶어서요. 나는 이제부터 털 달린 사냥꾼이 되려고 합니다.

주머니 안쪽에 단 하나의 이빨을 넣고. 투명하게 얼어 있는 아이들 손을 잡아보려고.

시각장애인과 시계 수리공

시계를 고쳐주고 돌아섭니다
그는 창고에서 울고 있습니다 자신이 묻혀 사는 목
소리를 떠나려고
시간 밖에서 바닥에 동그라미를 그리고 있었습니다
너의 손은 매우 젊구나 가장 낯선 부분을 만지면서

때로 닫힌 눈을 생각할 때 그는 수수께끼라고 여겼
습니다
철근을 붙잡고 이것은 수수께끼라고
무엇인가를 바라보는 삶은 어떤 시간입니까
돌아선 채 한 장소에 머물러 있습니다 손으로 볼
수 있는 시계를 쥐여주고

고대 슬라브 교회의 기도문에는 한숨이 있습니다
창고 문을 열고 소금과 감탄사, 머리카락과 눈물, 수
염과 손가락 들을 모아놓은 죽은 목록을 들추어봅니
다 모든 것은 명징하고 해독할 수 없는 양식만 남아
생활이 되었습니다 시계는 살아서 움직이고 이제 밖

으로 가야 하는 것은 무엇입니까 그가 사냥해야 할
것은 무엇입니까

눈물은 멈추지 않습니다 목소리가 자신을 떠나려면
새로운 불행 속으로 들어가야 할까요 그는 고마워서
내 손을 잡으며 젊은 자의 피부란 물고기 비늘처럼
비린 것

문을 열어두고 가렴 나는 내가 그렸던 동그라미는
아니겠지 언젠가는 공백이 되겠지 텅 빈 것이 되면
지금을 남겨두려고 가장 낯선 손을 놓고 있습니다 바
라본다는 것이 어떤 불행일지 몰라 허공을 만지고 있
습니다 침묵 한가운데에서 섬세하게 시계를 만지고
있습니다

라푼젤

　당신은 옛날에 턱뼈였군요.* 식탁 앞에 앉은 노파는 말없이 울지도 않는 자. 눈이 없어지고 말은 흘러간다. 그것은 단 한 번의 붕괴였어요. 모든 병을 이기고 돌아앉은 얼굴에 자갈이 박힌 때. 잔디 기계에서 부동액이 흐를 때. 마지막으로 흘린 핏방울이 짧은 순간 굳어버린다. 이제 이별할 사람이 생겼으면 좋겠네요. 모두가 떠나가지 않고 이 바닥에 누워 있다. 백발이 사라지고 흑발이 자라난다. 왜 자꾸 문을 열어두는 건가요? 그녀는 열린 시간에 손을 넣고 사라지는 눈을 찾아 더듬는다. 내가 조금씩 물을 끼얹고 내 몸을 볼게요. 팬티를 빨고 수건도 주워 바구니에 넣을게요. 쪼그리고 앉은 자리에서 노란 오줌이 천천히 말라갈 때. 태양 아래에서 피부를 하나씩 벗는다. 옛날의 뼈를 본다. 모든 조상이 하늘로 올라 박쥐가 되고 나무 위 원숭이가 된 것은 고체의 힘 때문이다. 그녀가 말없이 바다로 들어가 고래가 되려는 때. 수챗구멍의 머리카락을 빼내지 않은 날이 없었어요. 단하루도 구멍을 가로지르는 뼈의 형상을 놓친 적 없지요. 흑발이 둥글게 둥글게 뭉친다. 포유류는 머리뼈가 전부 붙어버린 구멍이래요. 늙은 손녀가 책을 읽는 날. 손녀의 머리뼈에서 백발이 흩날리는 저 붕괴의 현장을 어떻게 보존할 수 있을까요. 부동액이 흐른다. 손바닥이 이렇게 물렁물렁한데 활자를 만져본 적이 없다. 애야, 왜 자꾸 문을 열어두는 거니? 모든 세계가 이별할 시간을 찾아 바닥에서 꿈틀거릴 때. 턱뼈를 만진다. 유령은 바늘 끝에도 앉을 수 있다. 누군가와 헤어지고 싶은데 흑발을 손에 꼭 쥐고 울지 않는 자.

* 모리구치 미츠루, 『우리가 사체를 줍는 이유』.

꿈속으로 들어가
— 김경주 시인에게

그는 여러 개의 머리가 한곳을 향해 누워 있는 벽

벽 틈을 매일 밤 끌로 파냈습니다

태양의 표면 지름을 지팡이로 잴 수 있는 시간이었습니다

부스럭부스럭 떨어지는 가루들

하나의 머리를 들어서 뒤로 물러나는

그의 자리에서 꿈의 밑바닥이 한 귀퉁이씩 보이기 시작합니다

전등이 켜지기 전에 돌아가고 싶은 털 달린 꼬리들

나는 그가 꿈속으로 들어가 죽었다는 문장을 읽습니다

24

마침내 그는 음악처럼 안으로 진입하는 데 성공한
것입니다

이제 내일의 단계는 벽 틈에 새겨두고

웅크린 나에게 구덩이 하나를 파주고 내려간 것입
니다

벽에 기댄 하루가 너무나 천천히 흘러갑니다

꿈속에 엎드려 꼬리로 연주하는 그의 입술에서

선홍빛 털들이 조금씩 흩날리고

달빛이 없는 밤에는 상한 우유를 마십니다

바람 아래서 태어난 사람

별과 태양의 궤도가 만나는 지점

나는 가만히 일어나 벽 틈에 손을 넣고 하루를 뒤섞습니다

참을 수 없는 향기가 흘러나오고 있습니다

가장 밑바닥 문을 열어두고 그는 숨죽여 울기 시작합니다

전등이 켜지는 순간입니다

눈물의 맛

이 불이 저 안으로 옮겨져서
타오를 때
불길 안에서 흐릿해지는 너의 얼굴
나의 고통으로
네가 일그러질 때
숟가락을 깊게 꽂고 푹푹 밥을 떠먹는 사람처럼
네가 맛있다는 생각이 들어
눈물이 날 때

외계인들은
왜 얼굴 안에 또 얼굴이 있을까
왜 뼈 안에 진짜 뼈가 있는 걸까

그런데 마지막에는 항상
왜
안의 뼈
안의 얼굴이
튀어나와서 푸른 물이 낭자해지는가

내 불이 네 안으로 옮겨져서
심장보다 더 깊은 곳을 태울 때
여기
그다음 세계로
불길이 옮겨갈 때

재는 흔적도 없이 흩어지고
밥그릇에서는
끈적한 물의 손이 자꾸만 흘러나와

조금씩 잠기는 식탁
우리는 점점 평면이 되어간다

외계인은 물 말은 밥을
몇 개의 얼굴과 몇 개의 뼈를 움직여
조심스럽게 먹어보는데

이런 게 눈물이라면
너와 나의 지나간 저녁이라면

사다리를 타고 올라간다

모퉁이를 찾아가려고 해. 끊임없이 이동해야지. 막막한 공중에서는 걸어야만 한다. 사다리를 타고 올라갔어. 꼭대기로 피어오르는 연기 입자를 만져보려고. 다리는 튼튼해져야만 하는데. 가장 가파른 모퉁이가 있는 곳에서 살아가려면. 너무나 커서 볼 수 없는 사물들은 하늘 가까이 있으니까. 계단이 모두 부서졌어. 사람들은 가방을 메고 칸칸으로 사라졌지. 여러 단면이 만나 겨우 무릎을 쉬게 할 수 있는 크기. 내 방은 그래. 낮이면 빛이 멍든 개처럼 푸른 이를 세우고. 밤이면 껴안을 수 없게 어둠이 자라나는 모퉁이야. 나는 무릎을 펴고 흐르는 물에 미역을 씻어. 진흙 속에서 올라오는 뱀. 미역이 개수대를 넘어가는데, 봤어? 손가락 사이로 빠져나가는 이상한 단면. 미끄럽고 징그러운 것들을 때로 먹는다. 가위로 싹둑싹둑 잘라내면 문밖으로 넘어가 한 면씩 자라는 물질. 귀퉁이가 녹아내리는 얼음. 나는 왜 옥상에 올라가면 자꾸만 난간 구석에 기대는 걸까. 이제 추위는 끝났다는데 겉옷을 벗으면 비린내가 나. 어깨를 움츠리고

걸어 다녔던 공중에 껍질만 흘리고 와도 돼. 꿈속에
모든 것을 다 쌓아두고 온다면. 이 방이 무너지고 더
이상 걸을 공중이 없다면. 잘린 단면처럼 조금만 자
라자. 검은 미역이 물을 질질 흘리며 기어간다. 어떤
빈자리를 마련해주려고 난간으로 몰려가는 걸까. 모
두가 떠나고 입김만 남은 공중. 이곳이 바닥이라는
걸 부서진 무릎을 맞추면서 알았어. 흩어지는 방향으
로 조금씩만 자라자. 꿈에서 냄새가 나는 밤.

금속의 계절

새벽이면 사냥개 눈알로 붉어지던 계절

그는 한쪽 구석에서 작고 날카로운 금속을 닦고 있다

어제 열어둔 창문

나무에서 떨어지는 잎들

방 안에 붙은 얼룩처럼 나는 엎드려 있다

삼각형을 그렸다

나는 그의 기척을 들은 적이 있다

그는 세계를 닦아낸다는 생각 때문에 밤새도록 운 적이 있다

축축한 걸레

불투명 유리창에 묻은 피는 어떻게 닦아내지

그림자에서 그림자로 깊게 흘러가는 물소리를 들은
적이 있다

고물상은 너무 많은 주머니가 필요하다

등을 돌린 그는 물이 흐르는 주머니처럼 보일 때가
있다

야성은 불행을 몰고 와 바닥을 열어준다

나는 매일 실족한다

밤새도록 바라보면서 걸으면서

금속과 금속이 부딪히는 계절

자라나는 구석

그는 조용해지고 조용해진다 이것은 그가 변하는 것일까 목소리가 변하는 것일까 너무 먼 길을 돌아서 너무 먼 유랑을 숨긴 채 그는 가고 있다

가만히 방구석에 앉아 어떤 물질을 만지고 있으면 공기가 꽉 찬다

구석에서 달아나려는 벌레의 수많은 발을 꾹꾹 누르면 저녁이 가라앉는다
가슴에서 돋아나는 이 발들 창문이 뚝뚝 떨어져 내리는 시간에는 크고 우아한 지네가 되는 것 같다

누군가를 기다리다 보면 벽이 아닌 곳에서도 구석을 만질 수 있다

하루 종일 떠나지 않는 침묵 이것은 저녁이 변하는 것일까 가슴의 크기가 변하는 것일까 아무 맛도 나지 않는 침묵

구석은 맛없이 천천히 흘러가고 있다

이상하지? 왜 조용하다는 것은 슬픔을 과장하는 순간들이 모인 것인지 그는 새로 도착할 요일들이 과장한 대로 흘러가는 유랑에 대해 생각하고 있다 가슴 안에서만 자라는 이 많은 발들로 다른 세계로 가야 한다

저녁이 사라진 후 누군가를 기다릴 수도 없게 되는 바람이 불어오고 있다 그는 몰래 혼자 쓴 문장처럼 되어가고 있다고 생각한다

저녁 밖으로 뻗어가는 구석을 만지면서 걸어가고 있다 조용하고 아주 조용하게

엎드려서

피가 돌지 않는 다리를 쓰다듬었습니다
손끝으로 번져오는 뜨거운 온기
이것은 내 온도일까요 증발해버린 어떤 피의 마지
막 지점일까요

고대의 철학자는 하늘을 둘로 나누었습니다
달 아래의 세계에서는 무엇인가 자라고 죽음의 세
계에서도 무엇인가 자랍니다
그의 피는 점점 다리에서 벗어나 땅속으로 스며듭
니다

먼 길을 떠난 적도 없는데
달 아래에서 그저 열심히 모든 시간을 바쳐 자랄
뿐이었는데

엎드려 잠든 밤

나는 피가 돌지 않아 자라기를 멈춘

딱딱한 물체를 주무릅니다 이 다리 안에서 이제
무엇이 흐를까요 빛은 소멸하는 별 때문에 찾아온
다고 합니다
그가 폭발하는 시간이 되면

죽음의 세계에서도 빛이 자랄까요
우리는 이쪽 하늘과 저쪽 하늘에서도 그저 자라는
것뿐일까요

잠

문이 언제 열릴지 모르니 담요를 덮읍시다 담요가 좋아요 무수한 총격과 해일이 덮치고 간 후에도 담요를

우리는 어둠으로 밀려난 게 떼처럼 열심히 기고 있습니다 가도 가도 서로의 옆구리

새로운 폐허의 시대가 도래한 것일까요 우리는 서로의 뼈를 찾아 안으로 안으로 들어가고 있는 것입니다

기차 안에서도 담요를 덮어요 낯선 도시에 내릴 때에는 담요를 두르고 눈빛을 숨겨야 합니다

이런 저녁에는 바람이 안으로 들어와 긴 울음뼈 하나 세우고 갈지도 몰라

우리는 어둠 속에 남겨진 게 떼처럼 배를 뒤집습니다 반군과 정부군은 알 수 없지만

안쪽으로부터 싸움은 시작되고 있어요 배를 까뒤집고 등으로 진창을 기어가는 우리 몸속에서부터 차갑게 가라앉고 있습니다

방공호에서 담요를 나눠 덮고 우리는 바닥 밑에서 손을 잡습니다 자도 자도 잠의 바깥

모든 것이 무너져도 우리는 살아 있습니다 담요를 둘러쓰고 영원히 끝나지 않는 이 허기 때문에

방공호

계절풍이 불어오기 시작했다 사람들은 무덤에서 제일 가까운 길목에 모여 있다 차분히 바람의 입안으로 들어가 않는다 누가 마지막에 가장 아름다운 노래를 부를 수 있는지 기다리는 사람, 잠이 드는 사람, 눈물이 마른 사람, 껴안고 있는 사람, 무릎을 쓰다듬는 사람, 죽은 사람…… 바람은 구덩이에서 시작되었다 한 사람이 많이 죽은 구덩이 뒤틀리며 빠져나가는 연기들 노인들은 아픈 손을 만지고 젊은이들은 화학 공식을 풀었다 아이들은 손수건을 꺼내 코를 풀고 염소는 구덩이에 고인 물을 마셨다 우리가 하나의 이름으로 무덤에 들어갈 수 있을까 노래를 가장 아름답게 부르는 사람의 이름으로? 태어나는 순간부터 종양을 키우는 우리의 옆구리는 서로 닮아 있다 이제 무덤에 각자의 종양을 내려놓고 텅 빈 주검을 바라볼 시간 검은 카스피 해를 꿈꾸는 샤람들이 구덩이에 앉아 있다 눈이 없는 물고기가 사는 바다 밑의 더 깊은 바닥 오로지 정확한 시간만 바라본다는 물고기의 운명처럼 가장 정확해서 아름다운 노래는 누가 부를 수 있을까

진흙에서 바람이 올라오고 무덤으로 걸어가는 노래들
이 있다 기다리는 노래, 잠이 드는 노래, 눈물이 마른
노래, 껴안고 있는 노래, 무릎을 쓰다듬는 노래,

　　그리고

　　죽은 사람

연인

　네 가느다란 팔을 붙들고 느닷없이 추방되었다 미래는 연습하는 것이 아니다 비가 온다 만져보면 내안으로 들어오는 차가운 물질 나란히 비를 맞으면 철근처럼 삭아 내리는 너와 내 팔 단백질을 거울에 비춰보면 다른 물질이 된다 보리차를 마시고 너와 나는 서로를 바라본다 거울을 닦는다 아무리 먹어도 배가 고파 구름이 팽창한다 물질의 순서가 바뀌었잖아 사람을 좋아하는 일에는 늘 어두운 기운이 따라붙는다 만나고 떠나고 다시 만나도 어떻게 매번 새롭지? 어제 맞은 비가 안으로 들어온다 녹아 없어지는 부위가 조금씩 넓어지나 봐 내 손이 닿으면 네 단백질이 분해되고 우리는 옥상에서 서로를 잠시 부둥켜안는다 이 비가 그치고 나면 웅덩이가 얼마나 깊어져 있으려나 흐르는 시간 단위는 생각하지 말자 충격이 없어도 추방될 수 있다 빗줄기 안의 화학식이 바뀌었어 함께 비를 맞고 수건으로 머리카락을 터는 밤 투명한 물은 바깥으로 흘러가고 우리는 서서히 부식되어가는 어깨를 맞대고 있다 이렇게 젖어가는데 너와 나는 순서가

바뀌잖아 비를 맞으며 함께 뼛속까지 핥으면서 내 단
백질이 분해된다 평생 배가 고프다니 아무것도 소화
할 수 없어서 아무것도 먹을 수 없는 미래는 연습하
지 말자 별은 없어지면서 빛을 낸다는데 넓게 퍼지면
서 손을 잡는 너와 나는

　덩어리가 된다 썩은 꿀과 같이 시큼달콤하게 녹아
내리는 손

공중에서 사는 사람

우리는 원하지도 않는 깊이를 가지게 되었습니다

땅으로 내려갈 수가 없네요 보이지 않는 사람들과 싸우는 중입니다 지붕이 없는 골조물 위에서 비가 오면 구름처럼 부어올랐습니다 살냄새, 땀냄새, 피냄새

가족들은 밑에서 희미하게 손을 내밀고 있습니다 그 덩어리를 핥고 싶어서 우리는 침을 흘립니다

이 악취의 이름은 무엇일까요 공중을 떠도는 망령을 향하여 조금씩 옮겨 갑니다 냄새들이 뼈처럼 단단해집니다

상실감에 집중하면서 실패를 가장 실감나게 느끼면서 비가 올 때마다 노래를 불렀습니다 집이란 지붕도 벽도 있어야 할 텐데요 오로지 서로의 안쪽만 들여다보며 처음 느끼는 감촉에 살이 떨립니다 어쩌면

지구란 얇은 판자 같은 것인지도 모르겠습니다 조심스럽게 내려가지 않으면 실족할 수밖에 없는 구멍 뚫린 곳

우리는 타오르지 않기 위해 노래를 불렀습니다 무너진 골조물에 벽을 세우는 유일한 방법

서서히 올라오는 저녁이 노래 바깥으로 흘러갑니다 그림자를 길게 드리우며 우리는 냄새처럼 이 공중에서 화석이 될까요

집이란 그런 것이지요 벽이 있고 사라지기 전에 냄새의 이름도 알 수 있는

우리는 울지 않습니다 그저 이마를 문지르고 머리뼈를 기대고 몸에서 몸으로 악취가 흘러가기를 우리는 남겨두고 노래가 내려가 떨고 있는 두 손을 핥아주기를

우리는 헤어진다

만져보기도 전에 사라져버린 부족은 꿈을 깨끗하게 씻으라는 전언을 남겼지 어떻게 하면 물속에 꿈을 담글 수 있나 우리는 한강 둔치에 앉아 발목이 흘러가는 걸 말없이 보았지 이 느낌은 무엇일까 마지막 부위가 보이지 않는다는 것은

할 말이 없어질 때 너는 늘 등 뒤에서 깊은 눈으로 날 보았지 택시를 타고 밤의 밖으로 달려갈게 나의 뒤와 너의 앞이 헤드라이트처럼 터질 때 나는 어두운 시간을 씻고 싶었을까 살갗에 쓰이지 않는 말들

물속으로 들어가고 싶었을까 밤새도록 조용히 서 있을 것만 같았어 너라는 앞이 천천히 지워지면서

강물 아래로 끝으로 나는 쫓겨나고 있었는데 붉은 얼룩이 번지고 내 일기에는 왜 이렇게 네 이름이 많이 써 있을까 너를 왜 자꾸 이름으로 부르고 있나 장마가 시작되면 너무 깨끗해서 알아볼 수 없는 꿈들이

있을 텐데

　나는 더러워 더러워서 안심이 돼 만져볼 수 있는
웅덩이 발목을 넣자 점점 빨려드는 진흙 기생충들이
우글거리는 꿈속 나는 진물을 흘린다 사라지지 않고
남아 있는 부족 악취가 나도록 뒹굴면서

석공들의 뜰*

　오늘 이 잠이 마지막입니다. 차가운 돌 위를 떠나 안으로 들어갈 날을 하루 앞두고 있네요. 돌을 깨고 돌가루를 먹는 석공들은 느낌으로 안다고 합니다. 병자의 마음을…… 서걱거리는 밥과 국. 비가 올 때마다 미끄러지는 뭉툭한 발들. 나는 돌 위에 누워 흰 수건으로 눈을 덮고 또 다른 수건으로 눈을 한 번 더 덮습니다. 감은 눈 위에 더 어두운 눈을 올려놓고 나면 언제나 이 잠이 마지막이라는 예감. 이곳을 떠나 저곳으로 가는 두더지처럼 여름을 잘 이겨내야 하겠지요. 누군가가 내게서 떠난다는 사실이 마치 돌을 깨고 돌을 먹는 병자의 심장. 곁에 있어도 떠나는 것만 같고 벼랑은 얼마나 아름다운지 두꺼운 해머를 들고 나는 끝에 서서 울었던 한낮을 떠올립니다. 두더지처럼. 너희가 싫다. 너희를 버리지 못하는 내가 싫어. 싫어하는 것들을 완전히 싫어할 수 없는 슬픔이 싫고…… 이 여름에는 얕은 굴을 파고 피가 바닥으로 잘 쏟아질 수 있도록 엎드립니다. 굴속에서 희디흰 빛으로 싸매고 있던 예수의 얼굴 오늘은 잠이 들면서 말을 합니다. 아무도 듣지 않는 말, 돌 위를 미끄러지는 말. 얼마나 잘 묶어야 진동을 견딜 수 있을까요. 두더지처럼. 추적할 수 없는 돌. 돌을 깨고 나면 우리의 생태는 죽은 살덩이로 남아 있습니다. 미끈한 돌이 완성되고 벼랑이 있습니다. 잃어버린 애인을 만나려고.

　＊ 안토니오 카날레토.

B01호

노인은 소리가 없다
유리창이 빛을 찌르고 노인은 비명이 없다

그저 묵묵히 뒷짐을 지고 창 너머를 바라볼 뿐

그는 매일 아침 계단처럼 올라와 있다
복도를 지나 철문을 열고 나가는 나를 내려다보면서

창문처럼 흔들린다 한 줌 햇볕을 손에 쥐고

한 세기가 끝나갈 때 그는 지하로 들어왔다

뒤에서 서늘한 칼끝이 들어오는 느낌
매일 아침 시체가 되는 욕망

인간의 심장은 쉽게 볼 수 있는 게 아니야

이제 그만 끝내고 싶은 욕망

노인은 나를 샅샅이 훑어보고 있다
날카로운 빛을 움켜쥐고 나를 찌르는 자기 자신을

나는 유리창이 아닌데 점점 투명해지고 있다

지하로 들어가고 있다

저녁밥을 먹는 시간

저녁 밥상을 차리고 그는 양손에 물과 침묵을 든
채 서 있습니다 식탁에는 그림자가 어른거리고 이렇
게 밥을 먹으며 밤이 오면 나는 그가 바닥에 흘리는
물처럼 차갑고 굶주립니다 모든 시간을 버리고 단 하
나의 요일만 있는 순간에

그는 가장 무거운 자신을 내려놓으려고 해요 천천
히 물을 삼키고 그릇을 닦습니다 골목의 개들이 잔뜩
이빨을 세우며 어슬렁거립니다 굶주릴 때 가장 아름
다워지는 법 서슬 퍼렇게 빛나는 입속 그는 울면서
침묵합니다 이 소금기란……

나는 그의 몸을 안고 싶어요 눈물은 신의 어느 한
쪽일 것입니다 그는 모르는 사람들 틈에서 내내 걸어
왔습니다 밥을 먹으면서, 죽지 않고 자라기만 하는
날들을 세면서, 마지막 밥상 같은 어둠을 가만히 바
라보는 중입니다 이제 더 이상 어두운 공장에서 유리
창 같은 것은 만들지 않을 생각이거든요

나는 움직일 수만 있다면 그의 몸을 안고 싶습니다
어디선가 만났던 사람, 두 손 잡고 흔들다 헤어진 사
람, 비슷한 이빨을 가지고 어슬렁거리던 사람, 그만
마주쳤으면 하는 사람, 그들을 전부 안은 채 이 세계
밖으로 내던져진다면 얼마나 좋을까요 불투명한 유리
창이 되고 싶습니다

개의 푸른 이빨에서 두꺼운 침이 떨어지고…… 그
는 침묵까지 내려놓고 사라집니다

소금기 묻은 텅 빈 식탁 모든 것이 굶주릴 때

서쪽 여관

겨울은 끝나지 않는다 침대 위의 흰 수건 계절이 통째로 사라지는 순간 흘러가는 공기 냄새도 이름도 없는 것

많은 사람들이 바람 속으로 사라졌고 너는 벽에 붙은 공지문을 자꾸만 뜯어낸다

이름만 남고 시체는 휩쓸려간다

공기만 남고 얼음은 녹는다 새벽 침대 위에서 피 묻은 수건을 개는 시간 바다가 빙점 이하의 상태가 된다면 우리는 얼음산을 넘지 않아도 될까 들어올 때 저 문고리를 잡지 않았다면 다른 곳으로 가는 감각은 어디서 배워야 할까

침대에 얼굴을 묻고 차가워진다

이제 겨울은 생각하지 않겠어

어둠과 은신처를 위해 만났지만 너는 문을 열고 사라진다 한낮에 자꾸만 문을 쓰다듬던 너 불길에 타오르면서 홀로 걸어가던 너 속옷과 검은 군용 점퍼를 입고 피 묻은 창문을 닫고 가던 너는

아무것도 남지 않는 시간은 누가 확인할 수 있나

컴컴한 변기 속은

무연고 시신은 누구나 사랑할 수 있겠지 너는 뜨거워지기 위해 문을 연다 태양과 빙점이 폭발하는 세계 계절 사이를 흐르는 음악 큰 구덩이로

무라트, 무라트

어느 시점부터 잠들었다고 볼 수 있을까 우리는 각
자의 언어를 손으로 그리고 포도씨를 씹는다 우리를
겪는 유일한 사건은 서로 잠든 자가 되게 하는 것 오
랜 산책자 집은 멀지 않고 길이 먼 그곳

인사말 한마디 할 수 없는 마음을 살처럼 뜯어 먹
고 싶어 죽은 물고기가 몰려오는 해변에 파라솔을 세
우고 희미한 희랍어를 읽자 문장을 제외하고 우리는
현명해진다 짐승들은 다 그러잖아

샤프란볼루 마을 언덕 지도를 접으면서 알았어 서
로의 몸을 타고 올라가는 흰 벌레들 꽤 오랫동안 살
아 있다는 공포와 싸워야 한다는 것 현재라는 것

우리는 두 손에 꿀을 잔뜩 묻히고 어떤 유언을 남
길까 생각한다 다시 만나지 못하고 헤어지는 인사말
한마디 못하는 우리는

각자의 손을 핥고 야간 버스를 탄다 더 끈적하게
갈 거야 짐승들은 죽을 때 모르는 곳으로 가잖아 지
나가버린 문장을 버리고 천천히 그리고 아주 빨리

유리창을 만드는 사람입니다

옥상 난간을 붙들고 내려다봅니다 어느새 나는 이
렇게 많은 계단을 올라온 것일까요 갈 곳이 없어서요

푸른 냄새가 날 것 같은 빛을 향했을 뿐입니다 도시
락을 먹고 잠깐 위를 올려다볼 때마다 하나씩 하나씩

나는 유리창을 만드는 사람입니다 가장 깊은 곳을
들여다보는 시간 창을 옮기면 투명한 화학식 모든 풍
경이 경계 없이 흘러갑니다

날카로운 기계 안으로 내 피는 조금씩 들어가고 가
장 깊은 화학식으로 완성되는 시간 나는 손가락이 짧
고 굵습니다

창문 위에 창문 창문 위에 창문 계속해서 바라보면
창문은 보이지 않아요 어느 정도의 지평선을 넘으면
고유의 빛으로 불투명해지는 우주처럼

나는 점심시간이면 창 안쪽을 보기 위해 빛을 쫓아갑니다 잠깐씩 계단을 올라갑니다 바라볼 곳이 없어서요

안에서 밖을 통과하는 수많은 눈빛을 만든 사람입니다 계단을 걸어 바라볼 곳에 도착해야 하는 사람

나는 난간에서 밑으로 밑으로 떨어집니다 높이 올라갈수록 바닥에 닿는 기분은 무엇일까요 바라보기 위해 유리창을 만들었습니다

내 피를 먹고 무럭무럭 자란 기계들 더욱 투명하고 찬란한 풍경의 탄생

참을 수 없이 비린내가 나요 잠들 곳이 없어서요 높이 한번 떠오르고 싶어서요

겨울 목수

네가 혼자 방 안으로 들어갈 때 나는 골목에서 나오지 않았다 네가 텅 빈 곳에서 모든 것을 말하고 결국 아무 말도 하지 않았을 때 나는 골목에서 픽치기를 당했다 다 잃어버렸어 아무에게도 연락하지 않았다 거절당할까 봐 두려웠다 나는 길거리에서 뒹굴면서 외눈박이 사람을 보았다 한쪽 눈을 타일에 대고 천천히 밑으로 떨어지고 있을 때 너의 옆모습은 다른 사람이 다가와 완성되어야 하는 꿈이었다 그게 무슨 소리야? 너는 방 안에서 문을 두드리며 소리쳤고 벽돌은 하나씩 멍이 들고 있었다 바람이 불면 떨어져 나가는 합판처럼 너는 얇게 부서졌다 나의 낮은 수많은 밤의 구렁에서 쏟아져 나온 단면 가장 더러운 물질들이 골목에 차곡차곡 쌓여 있다 한파에 자꾸 눈곱이 꼈고 이제는 현실에서 깨어나야 한다고 생각했다 네가 방 안에서 정확하게 시간을 맞추려고 성에 낀 창문을 문지를 때 나는 바깥에서 가장 밑에 있는 구렁 안으로 빠져들고 있었다 해머가 너무 무거웠다 지금은 어떤 시간일까 나는 식은땀을 흘리며 옷을 벗었다 자꾸만 울면 다시 시작할 수 있는 거니? 나는 너에게 양쪽 눈 때문에 무서운 사람인가 방문 앞에 떨어진 못을 주웠다 너는 부서진 문틈에 한쪽 눈을 대고 나를 바라보았다 아무것도 말하지 않게 해줘 이제 다른 사람이 올 수 있게 집을 짓고 싶어 너는 퉁퉁 부은 입술을 다물었다 나는 그 방의 바깥에서 푸른 벽돌을 쌓았다 가장 차가운 바람이 되어갔다

야유회

노인들은 서로를 죽은 자로 대할 수 있기 때문에 등을 쓸어준다. 솟아오른 등뼈가 조금씩 부드러워지도록. 나는 어떤 뼈의 성분에 숨어 있었나.

머무는 곳에서 추방당하면서 침묵은 언어보다 크고 뜨겁게.

태어난 곳에서 가장 먼 곳, 폐기물 냄새가 모여드는 곳.

셀프 빨래방

　빨래를 걷고 개고 창문을 닫는 너의 손에서 물이 뚝뚝 떨어집니다 다른 행성으로 건너가다가 미끄러진 꿈 새벽에는 미열에 시달리고 답답하고 외롭다는 너의 중얼거림이 멍청해서 세탁기를 돌립니다 금속성의 소리는 왜 이렇게 매혹적일까요 쇠냄새 나는 새벽 홀로 잠든 그림자를 만져봅니다 흠뻑 젖어 있습니다 가짜 털은 너무 춥지 짐승을 잘 찢어야만 따뜻해진다니 우리 사이가 너무 내밀하면 죽음과 가까워져 이 새벽을 얼마나 더 침묵에 담가야 그 꿈으로 돌아갈 수 있을까요 빛의 파편이 흩어진 꿈 미끄러질 때마다 야행 짐승처럼 이가 자랍니다 멍청하게 외로울 때면 쿵쿵대는 그림자 어느 과학자는 죽음이란 시간과 공간이 없는 곳에서는 존재하지 않는다고 합니다 낯선 행성에서 너는 아주 오래전부터 납작해져 있었다는 걸 이렇게 네가 버린 시간과 공간 안에서 꿀 같은 대화는 불가능한 것일까요? 너는 슬픈 이야기는 듣고 싶지 않고, 그림자는 슬픈 이야기만 하고 싶어서 우리는 매일 매일 빨래를 돌립니다 물이 뚝뚝 떨어지는 털을 말립니다

친밀하게

어릴 적 이모는 애인을 만나려고 공동묘지로 가는 여자의 이름을 말해주었습니다. 애인의 얼굴을 감쌌던 삼베 천 귀퉁이를 잘라서 늘 품에 넣어가지고 다닌다고요. 떠났다는 사실이 마치 자기 삶과 같아서요. 한여름, 저는 너무 더워서 삼베 이불을 덮고 자곤 했어요. 이모는 여름에는 무서운 꿈과 친해지고, 꿈속의 유령들에게 한 명 한 명 이름을 불러주어야 한다고 했죠. 기하학적인 도형으로 만들어진, 매일 바뀌는 그녀의 이름은 어떻게 바라보아야 합니까? 내 옆에서 잠이 들고, 내 곁에서 잠을 끌고 가는, 아름다운 형태의 그것을. 저는 더운 밤이면 삼베 이불 위로 침을 흘리고 축축하게 젖은 이불은 자꾸만 발밑으로 내려갑니다. 문밖까지 흘러가면 애인의 얼굴 수건이 한 구석에 잘 개켜져 있어요. 저는 자꾸만 맨발이 되고요. 발바닥에는 푸른 피가 돌고 이상하게 잠이 들면 구름을 만질 수 있다는 희망이 들었습니다. 우리가 가진 감각 이상을 죽은 애인의 이름 안에서 발견할 수 있다는 것을요. 어떤 사물도 만질 수 없다고는 생각하지 않아요. 다만 불 탄 나무 밑에서 손가락이 길어지고 발가락이 뾰족해지는 유령 같은 애인이 된 자. 삼베 이불을 덮고 배를 슬슬 문지르면 서늘한 바람이 들어오게 됩니다. 너무 더울 때는 맨발로 시간 밖으로 갑니다. 떠나는 길목에서 이모가 울고 있습니다. 무서운 현실과 친해져야만 합니다.

2부

활선공

고압전선에 앉아 있어
새처럼 발을 모으고 어깨를 안으로 집어넣을까
바람 안에서 태어나는 사람이 있다면 아슬아슬하게
건너갈 수 있을지

공중에 드리워진 선
타오르는 자기장

나는 위로 올라와 지상에서 떠도는 목소리를 들어
전도체를 타고 흘러 다니면 이상한 음악이 되는
사물들이 숨을 죽이고 조금씩 잘려 나가는 순간
나는 현기증을 앓고 있지

보이지 않는 곳에서 생성되는 구름
바람보다는 구름이 통과하는 선
수많은 창문에서 흘러나오는 밥냄새

나는 그 공포 사이를 걷지

구름을 꼭 잡고
고압전선을 이어 붙이면서 나는 마른침을 삼키네
꿀꺽
뼛속으로 들어오는 불의 감각

어느 순간 바람 안에서 재가 된다면
바닥보다 더 깊은 밑으로 떨어지고 싶다 아무 감각
도 느끼지 못하는 흩어지는 것이 되고 싶다

내가 가진 재주는 허공에서 선을 타는 것
위로 올라와 현기증을 앓는 것
처참하게 무너지는 순간을 예감하는 것

새들이 전선에 모여
어느 활선공이 가장 아름다운 음악을 만드는지
듣고 있네 발톱을 세우고 깃털을 툭툭 털어내며

고장 난 고압전선을 이어 붙이는 사람
그 사람은 가장 조심스러운 발바닥을 가졌지

공중에 걸쳐 있는 발바닥에서 음악이 시작되고 있다
울고 있다

신년회

　우리 중국 절벽에 가서 뛰어내리기 내기를 할까 우리가 알고 있는 것은 길을 잃었다는 것뿐 태어난 곳도 사라진 곳도 인간의 문자로는 남길 수 없겠지 강물 같은 노래를 품고 사는 한번 부른 노래는 모두가 부를 때까지 계속될 거야 바람이 오는 길목에선 손을 잃은 석공들이 가슴으로 벽을 쌓아 올리고 있다고 우리 그 벽에 올라가서 무너뜨리기 내기를 할까 어느 석공이 가장 아름다운 손을 가졌는지 뾰족한 곳에서 부드러운 곳으로 떨어지기 전에 우리는 중국에 가자 얼음이 오는 길목에선 눈을 잃은 석공들이 서로의 혀를 핥으며 잠을 쌓아 올리고 있어 발톱이 빠지지 윗도리가 젖지 음악을 따라 들어가면 길을 버리게 돼 어떤 눈을 하고 있을까 절벽에서 손을 놓을까 말까 아무도 따라 부르지 않아도 노래를 부를 거야 석공은 묵묵히 길목마다 서서 우리를 켜켜이 쌓아 올리고 있네 중국에 가면 자기 시신(屍身)을 볼 수 있는 절벽이 있을까 가장 낮은 곳에서 물에 흠뻑 젖어 갈퀴가 돋아나는 유모들 너무 숱이 많은 너의 검은 머리를 끌

어안고 중국에 가보자 지도에서 태어나고 사라진 머
리 중국 절벽 뚱뚱한 유모들 끝없는 추락 유모들에게
서 자라나고 싶어 어떤 잠을 가졌을까 걸쭉한 검은
젖을 흘려보내고 석공들은 아기처럼 울면서 노래를

얼음광산 노동자

장거리에서 온다. 그들의 가면이 벗겨진다. 점점 더 북쪽으로 간다.

얼음 밑 광산. 음악은 저항한다. 음을 피한다. 눈을 뜨면 말없이 풍경을 바라보고 잠 속에서 덧니를 갈며 털을 세운다.

어둠 속에서 사람들이 몸을 부딪친다. 아무도 고향이 자신이라고 말하지 않는다. 북쪽으로 가는 길.

극지로 가기 위해서는 걸어야 한다. 대기를 떠도는 차가운 종이 폐기물 냄새. 걷는 일에 취할 때까지 긴 목에 수건을 두른다.

단거리에서 잔다. 새로 구한 방 계약서를 구겨버리고 가장 더러운 곳으로 기어간다. 시간 밖에 있는 물질을 만진다.

손가락 사이로 본다. 달 아래에서 삽을 들고 있다.
금이 간다. 얼음이 갈라진다. 하루의 노동이 시작된다.

불에 탄 편지

붉은색 노트에 편지를 쓸 때마다 불이 인다. 몇 십 번째 썼다 지우기를 반복한다. 나는 타올랐다가 꺼졌다가. 돼지고기 타는 냄새. 녹색 조명을 켰다 껐다. 눈썹이 떨어진다. 편지를 쓰면 먼 곳에 있는 빛이 더 잘 보인다. 너의 눈이 타는 냄새.

벽돌에 올려 고기를 굽고. 애인을 만나고 싶어 관 속을 열어보는 사람이 있다. 텅텅 빈 묘지를 가꾼다고 삽자루를 꽉 쥘 때. 너는 흐른다. 혀를 씹을 때 탄 맛이 난다. 푸르게 돋아나는 잡초들을 뜯고 뜯고. 이제 구멍 좀 그만 파. 자꾸 불길이 올라온다.

너를 이해할 수 없어서 희랍어를 베껴 쓴다. 도서관에는 탄내가 가득하다. 두꺼운 책이 좋아서 꼭 끌어안는다. 모두가 부서져 잔잔하게 흩어진다. 너를 이해할 수 없어서 편지를 펼치고 통째로 외운다.

너를 만나려고 다 익은 벽돌을 뺐다. 모든 것이 타

고 남은 뼈. 뼈를 이해할 수 없어서 불을 질렀지. 불길 속에서 뼈를 외우기 시작했다. 통째로, 한꺼번에 외우기 시작했어. 붉은색 노트를 펼치고, 혼자 씹던 마지막 살점을 내뱉고

나는 편지 안으로 걸어 들어간다. 굵은 펜을 새로 샀다. 바비큐처럼 등이 타고 있다.

죽은 다음, 꿈으로 살아가는 기억들이 있지. 오늘은 불씨. 네가 있다. 네가 있구나.

폭우 사전

불행이라는 이름의 돌이 있었는데

장대비가 돌 위로 쏟아집니다 돌 속의 무늬, 물고
기는 예수의 숨겨진 이름이었다고 합니다 폭우 속에
있었다고 합니다

중독

잠든 그의 옆구리에서
뜨거운 간이 쏟아져 나온다
모락모락 김이 난다

나는 그의 간을 파먹으며
슬픔에 중독되었다
제발 내 옆에서
힌디어로 이름을 쓰지 마

괜찮다, 괜찮다
그는 어두워지면서
울고 있는 새의 목을 꽉 잡고
고개를 주억거린다

헝가리 식당

헝가리 식당에 앉아 있다. 내 목을 만져보면서. 침묵에는 아무 맛도 나지 않는다는 것을…… 이런 기후는 맛없이 천천히 간다.

아무런 이상 징후가 없는. 아름다운 철창 밑에 있다. 원래의 언어로 돌아가는 것인가. 조용히 있다 보면 감각은 끔찍해진다.

수염까지 붉게 물든 남자는 접시에 혀를 대고 있다. 오도카니 앉아서. 철창을 두드리며 바람이 들어온다.

동쪽에 있는 식당. 맛없는 내가 앉아서 오래된 폐허를 헤집으며 속을 파고 있을 때.

무섭고 겁이 날 때. 수염 달린 남자는 창문을 연다. 향수병에 걸린 감각은 바람 따라 흐른다. 웅웅웅 그릇이 미끄러진다. 울림 소리를 낸다. 동쪽은 은신처가 아니지. 수염 사이로 붉은 침이 뚝뚝 떨어진다. 우리는 혼자서 밥을 먹는다.

많이 다쳤을 때는 밥을 먹어야지, 그래야 기운을 내지, 이 식당에 오면 죽은 할머니의 목소리가 가득하다. 그럴 때면 나는 세상이 맛없게 천천히 간다고 생각했다.

침묵을 먹으면 알 수 있다. 어떤 슬픈 이야기도 죽지 않고 그릇 안에 담겨 있다.

싱어송라이터

노래를 잘 부르는 사람이 있을까. 밤에는 웅덩이 근처에서 잘게. 구두를 벗고.

어느 때에 나이를 먹어야 할까. 노래는 계절보다 늦게 와.

토끼풀 냄새가 철조망 밖으로 솔솔. 너의 옆구리 수줍게 벌어진 상처를 만져봤어.

새벽이면 방문 앞에서 구두를 벗으면서 소리쳤지. 너는 이제 안으로 들어간다고.

물고기들이 살지 않네.

눈을 뜨면 내 발가락 사이로 모두 빠져나가. 내 옆에서 잠든 너. 웅덩이 냄새.

호수 바닥. 꿈이 옅어진다. 내 차례가 오면 노래를

부를게. 이 편지를 받게 되면 편지 속의 너보다 나이가 많아져 있을까?

나는 좋아지고 있어. 글씨를 보면 알지.

홀로 낚시터에 왔어. 구두를 벗은 사람들뿐이야. 너는 안에 들어가 있니? 긴 머리칼. 물속을 들여다보면 눈을 뜨고 있는 단어들.

나는 웅덩이에서 시작해. 노래를 부르면서. 편지의 첫 구절을.

기도

계단을 오른다. 석상은 팔을 벌리고 있다. 누군가 말라가는 육체를 두 팔 벌려 안아준다면, 이 침묵은 외롭지 않을 거야. 그러나 저 깊고 아름다운 포옹은 공중에 있다.

너와 나, 모두에게서 멀리 떨어진 곳

일생을 검은 관 속을 기어 다닌 것처럼 무릎이 아프고

기도를 한다.

어린 아이들이 떼를 쓰며 울고 있다. 낮고 어두운 이 창문에는 유리가 없다. 석상에 박힌 그의 눈은 너무 어두워서 빛나는데. 다친 자들은 악몽과 친하게 됭군다.

계단에서 나무가 돋아나는 꿈을 꾼다. 톱으로 뿌리

를 잘라낸다. 유리 조각이 흩어져 있다.

땅을 걷는 천형을 가진 것들이 여기에 있다. 머리를 파묻고 있다.

빛보다 빛나는 어둠을 밀면서.

점심시간

햇빛이 그를 통과할 때 생성되는 물질 그는 얇은
잠 쪽으로 조금 더 기울어진다 뼈와 뼈가 만나는 감
각으로 깎이는 감각으로

그는 시멘트 벽돌 위에 앉아 졸고 있다 윗도리 안
에서 심장 근처에서 무엇인가 꿈틀

새들은 그림자를 흘리며 알 수 없는 조각들을 주워
먹는다 냄새를 맡을 수 있을까 몸 안으로 들어가 깃
털 사이로 빠져나오는 가느다란 감각으로

그는 뜨거운 한낮 햇빛 안 소용돌이처럼 생성된다
둥그렇게 말려들어 가면서

겨울에는 따뜻해지기 위해 품에 새를 넣어 가지고
다녔던

점점 컴컴해지는 그림자

신의 뜻으로 새들이 먹여 살린 사람은 늙은 예언자
였다

왜 목덜미는 자꾸 축축해지는가 햇빛 아래에서 연
기가 피어오를 때 그는 불룩한 윗도리를 벗는다 컴컴
한 발에 가까이 가기 위해 원형의 감각으로

발등을 쪼고 있다 치밀하고 섬세하게

유리의 숲

사람의 내부에는 풍경이 있다
털모자를 쓴 노인
유리병을 굴려서 그 안으로 밀어 넣는다

아무런 말도 쓰지 못했는데
너는 숲으로 들어간다 유리병처럼

횡단열차 안으로 눈보라가,

꽉 쥐고 있는 네 손은 이렇게 따뜻한데
숲에는 유리의 내장 같은 것이 있어서
손끝이 하나씩 얼고 있는 걸까

풍경은 병 속으로 천천히 흘러들어
차가운 수액을 흘린다 말이 사라진 곳으로

저녁 무렵
삽자루를 들고 숲을 건너가는 노인들

너는 심장에서 몰래 자라고 있는 뼈를 문지른다

우는 일은 세수하는 것과 같아

숲의 내부에서
손끝을 구부려 잡는다
얼음이 조금씩 부서진다

우는 노인들이 국경을 넘어가고 있다

편지

가구를 만드는 사람들이 의자에 앉아 있다
나무들의 몽상이 피어오른다

아라비아 반도에는 피 흘리는 나무가 있다는데
정말 끈끈하고 딱딱하지? 너는 가만히 왼손을 쥐어
본다
톱밥 같은 손 우수수 붉은색으로 흩어지는 것 같아

짙은 눈썹을 가리고
너는 바닥에 드리워진 그림자를 쓱쓱 지워본다
고통이 망가질 것 같아서 이 나라 언어를 쓸 수가
없어

왼손이 잘린 너의 편지는 온통 침묵
그림들 계절의 위치 죽는 날까지 이어지는 몽상

휴식 시간이면 휴게실 의자에 앉아 꾸벅거리는
너의 뒷목은 나무처럼 깊어진다

아무것도 쓰지 못하고
손의 모양이 달라졌을 때 꿈을 꿨어
마른 가지가 돋아나는 간지러운

물질이 되는 모습
너는 피를 흘리며 잠깐 잠들었던 순간을 떠올린다
침식하며 부서지는 나무

우기

빗속에서 창문이 떠내려가고 있어
결정적인 사건을 겪고 나면 언어가 달라지지

슬픔은 간에서 온다

그는 힌디어를 쓴다
힌디어로 누군가의 이름을 쓰고 있다

너무 가깝게 다가가면 파멸을 볼 거야
그의 손은 빗속에서 아주 긴 막대처럼 늘어난다

이곳의 장마는 아래에서부터 올라온다
지도를 찢은 후
그는 흠뻑 젖은 문자들을 쓰고 있다

머리를 숙이고
간에서 흘러나오는 비릿한 냄새를 맡으며

조각난 창문 사이
소리 없는 사람들의 손자국이 깨질 때
그는 점점 더 우기의 계절 안으로 들어가고 있다

일생을 피로에 젖은 얼굴로
밑으로 휩쓸려가는
어린 간들을 진흙탕에서 건져내고 있다

미라의 잠

오래전 이미 사라져버린 사람을 바람으로 남겨둡니
다. 우리는 다만 이들이 쪽방에서 쫓겨나 길을 잃었
다는 것 말고는 아무것도 알 수 없죠. 발자국을 쓸어
가는 바람. 부드러운 빛과 혼동되는 사람.

달이 떠오르면 닫힌 문을 조금씩 열어젖힙니다. 하
루 종일 창밖을 바라보다 열린 문처럼 바람이 들어오
는 사람. 담요 아래서 나는 부드러운 빛을 만지며 잠
이 들었습니다. 죽은 뼈가 이렇게 부드러울 수 있다니.

바람이 사람을 증식하는 시간. 사라지는 뼈를 끌어
안고 밤의 한가운데로 흘러갑니다. 우리는 그런 시간
을 고통이라고 부릅니다. 음관을 열고 입술의 온기를
불어넣지만 음악은 다른 곳에서 시작되는 시간. 좋은
사람과 혼동되는 시간.

발등에서 일렁이는 달의 무늬. 언제 죽었던 것일까
요. 한여름에도 목에 수건을 감고 잠이 듭니다. 그 사

람이 좋아서 우주 공간으로 퍼져 나가는 바람의 사람
이 됩니다. 나는 이제 진짜 시간을 배울 수 있을까요.

다시, 폭설

그는 폭설 속에 있어. 도로에 버려졌을 때. 차곡차곡 쌓이던 어지러운 눈들 위에서. 덩어리로 뒹굴고 있지. 그는 죽은 사람인 지 오래. 거리에는 털실처럼 흰 눈이 떨어지고. 검은 사체를 덮고 있어. 공기는 점점 더 투명하게.

미안해요. 죽어서도. 흙으로 돌아가지 못해서.

노인은 창밖을 흘깃거리며 기다리고 있다. 모든 일을 끝내고. 그를 묻어주려고. 어둠이 오면. 노동 후에 찾아오는. 순열한 시간.

희게 덮인 덩어리 방향으로. 뼈가 돌아가고 있다.

이제 우리는. 흙이 될 수 있는 순간마저 잃어버린 걸 거야. 창틀의 눈을 한가득 씹어 먹으며. 노인이 쓰레기통을 비운다.

아무런 웅덩이도 없는 곳. 몽상으로 가득 찬. 죽은 사람의 거주지는 어떻게 찾을 수 있나. 꽉 막힌 도로에서. 지금이 흘러가고. 죽음 너머의 시간에도. 생활은 같은 것인데. 깊고 따뜻한 구덩이 하나는.

죽어서 검어지면. 어둠. 흙의 얼굴이 될 줄 알았어. 썩는 냄새. 몸에서 자라는 구더기가 기어 나온다.

흰 눈이 한꺼번에 쏟아지는 밤에는. 불빛 없이 스웨터를 짜는 노인.

돌아오지 못하도록 형체가 사라진다면. 검은색이 조금씩 지워지네. 겨울에는 그래. 구덩이 없이 아무도 몰래 폭설이 내리면.

노인의 뜨거운 손. 불꽃의 방향으로. 세계가 돌아가고 있다.

싱어송라이터의 여행

이 음악은
반복을 통해 가장 낯선 부분을 불러온다
나의 일부분인 듯이
언어 바깥으로 목소리를 밀어내면서
나는 조금씩 사라지는 일에 모든 것을 건다
너의 심장과 나의 심장 사이를 흘러가
우리의 진공 바깥으로

모든 발자국이 북쪽으로
얼음이 가득한 땅으로
내가 지나간 다음에 남는 바람으로
계속해서 걷는다면
저녁의 한 표면을 만날 수 있을까
우리가 만나는 것보다 피하는 것을
더욱 애절하게 생각한다면

이 음악은
음이 부서지는 자리에서 시작된다

연주를 하면 할수록
계속해서 흘러간다면
붉게 터지는 발등을 만지면서
나는 가장 따뜻한 침을 흘린다
북쪽이 둥둥 떠다니는 땅으로

낯선 부분을 반복해 핥으면서
너의 심장 가장 뾰족한 부분을 핥으면서

도우미

아름답게 사라졌다고 여기는 다른 이들의 죽음 그
압력 손등에 도는 푸른 피를 보며 아무것도 폭발시키
지 못하는 밥솥처럼 점점 코를 흘렸다

개의 똥구멍을 보는 것이 쉬운 일은 아니에요 더군
다나 시에서…… 그녀는 며칠 동안 굶었다 몸속에서
펌프질하는 이 뜨거운 손은 뭔가

그녀는 집에 있는 사람으로서 할 일을 다 했다 뼈
주변을 조심하며 뒹군다는 현실 그녀는 바닥에 친밀
한 자세 어두운 모험에는 달콤한 잠의 취향이 있다

자기 안에 있을 때조차 밖으로 나갔다 심지어 늙기
위해 책을 읽었지 집을 구할 때는 무덤 생각을 해야
한다 털 빠진 개들이 어슬렁거리는 마당

통과하는 것들은 잡지 마

그녀는 우리가 슬퍼하는 죽음의 압력을 높여갔다
유령이 되는 꿈을 꾸었지만 무사히 육체로 다시 만져
졌다 밥물이 끓어넘치고

그녀는 왜 자꾸 그녀보다 많이 가진 자를 먹여주는
지 그 개의 똥구멍에 붙어 있는 하얀 밥풀은 어떻게
할 거니 뒹굴 때마다 만져지는 옆구리 뼈

푸른 피는 바깥으로 나오면 붉은색으로 변한다 아
무것도 폭발시키지 못하고 일요일에 잠이 들었다 주
인이 사라진 이 무덤을 지킬 수 있을까 고소한 밥물
냄새 고소한 피냄새

은신처

저녁이 바뀌면 목이 부어오른다 계절을 대비하기 위해 팽창해가는 것이다

스무 살 이후부터 모두를 만나려고 커졌다 목소리를 비워두고 기다렸다 밤이 지나고 나면 자꾸만 검은 피들이 쏟아졌다

벽에 기댄 노인이 눈물처럼 호흡을 줄줄 흘린다

몸에서 물이 빠져나간 자리에 앉아 기다린다 이제 내 손으로 들어오는 모든 피는 부드러워질지도 모른다 잡으면 스르륵 미끄러지는 뱀

싱어송라이터의 겨울

시베리아에서 녹슨 쇠를 잡고 있었습니다.
바닥 밑의 세계에서 음악을 듣고 있으면 무섭고 겁
이 났습니다.*
그의 손은 다 부서져 있었죠.

쇠에 살점이 닿으면 전부 찢어질 것 같은 음악이었
습니다.
파도가 밀려오면 웅웅 소리를 내는 심장.
그는 냉장고병에 걸렸습니다.

어른이 되었습니다.
꿈틀거리며 들썩이는
이상하고 허리가 긴 파도가 있던 방에서.
냉장고를 열고 추락하면 어떨까 상상한 적도 있었
습니다.

떨어지면 피마저 얼어붙을 음악이었습니다. 그의
팔은 길게 늘어나 있었죠.

밤에는 말들이 창문에 붙어 안간힘을 썼습니다.

추운 문장 안에 들어앉아 있다 나오면
척추가 조금씩 뭉툭해졌는데.

다른 행성으로 갈 수 있습니다. 하지만
창문에 손가락처럼 붙어 있는 저 말들은 어쩌죠.
살고 싶어지면 어쩌죠.

너무 달아서 뼈가 어긋날 것 같은 음악.
차가운 사탕들이.

무섭습니다.

기어서 저 말들을 문지르고 싶어집니다.
　그의 팔과 손은 너덜거리며 파도처럼 밀려왔다 밀
려가고 있었습니다.

영하의 세계에서 울려 퍼지는 음악이었습니다.
종이는 희고, 피는 나쁘고,
쇠는 어두워지고,
얼음은 물드는 중입니다.

* 브랜든 포브스 외, 『라디오헤드로 철학하기』.

오래된 연인

너는 불을 꺼도 책에서 눈을 떼지 않는다
마치 깊은 숲 속에서 홀로 사냥을 하는 노인처럼
조심스럽고 정확하게 책장을 문지른다
보이지 않는 이름을 이미 알고 있다는 듯이
침대에 누워서 너는 홀로 달린다
그것은 다른 대륙에 있어
아프리카 산족의 말은 오래전에 기록되었다
웅덩이에서 가만히 자신의 얼굴을 들여다보고 있는
소녀
흘러가지 않고 흙탕물 밑으로 가라앉는 얼굴을
바라보는 한 사내의 이름은 '꿈'이라는 뜻을 가졌다
우리는 모두 바닥으로 내려가는 것들을 바라보며
그것이 꿈이라는 것을
알고 있었는지도 모른다 골목을 걷다가 자꾸만 땅
을 보는 습관
산에서 움직이지 않고 소녀를 바라보다 나무가 된
사람
그는 다른 대륙에서 바람을 맞으며 서 있다

살과 피를 가지고 공중을 흘러가는 계절풍은
모든 계절을 나누어줄 수 있다는데
우리의 침대는 서로 다른 곳에 놓여 있다
바닥으로 눈을 떨어뜨리며
너는 가장 오래된 문서를 뒤적인다
불을 끈 채
꿈의 얼굴을 만지려다
떨어뜨린 나뭇잎
세번째 생물이 우리 사이에 누워 있다

3부

행복한 장례식

고양이는 살찐 쥐를 닮아 있어. 먹고 싶어. 나를 닮은 그것을. 할머니의 수의를 입고 논다. 어머니가 벽장 속에서 꺼내주던 배내옷에서 나는 냄새. 배가 고픈 냄새. 굶주리는 중이니까 먹이처럼 태어나서 나를 먹는 느낌. 내가 나를 증식하는 시대를 지나면, 어떤 주검이 내 것인지 알 수 있을까? 백발의 할머니를 끌어안고 백발의 어머니가 웃는 순간. 나는 결투를 하고 싶어. 아침 태양이 떠오르면. 뒤편으로 사라지는 어둠에게. 고양이는 쥐를 먹지 않는다. 몸을 길게 늘어뜨려 그늘을 먹는다. 심장 한가득 밤을 채우려고. 쥐덫에 걸린 새끼 쥐. 세포를 증식하는 순간. 잠 속에서 맡던 할머니 냄새. 창문을 열면 훅, 끼쳐 드는 겨울 먼지 냄새. 나는 조금씩 목뼈를 쓰다듬으며 걸어간다. 어디선가 빵 굽는 냄새. 아주 오래전에 배내옷을 벗은 것 같은데.

너무 오래

달빛 아래 푸른 머리로 앉아 있다
한곳에서 90년을 넘게 산다는 것은 어떤 것일까
그가 이방인으로 느껴지지 않았던 적이 없다

언덕에 앉아 잇몸을 핥으며 운다
한번 가서 오래 머물기는 어렵다는데
바람 부는 밤
그는 너무 푸르게 앉아 있는 것인지

돌 위에 두꺼비

모든 아기는 배 속에서 종양처럼 웅크리다가
밖으로 나온다
바람을 맞으며 세련된 생물로 자란다

왼손 위에 오른손을 올리고
그는 살갗을 쓸어본다
어디서 태어났는지 알 수 없어

등을 구부리고 있다
이렇게는 떠날 수가 없는 것일까

천천히 두꺼비를 잡는다

사랑받을 수 없다는 것
너무 오래 돌 위에 있었다는 것

우리는 발을 묻었다

세상에서 사라지는 기분으로 막차 안에는

빈 의자들

철근 구조물 밑에 우리는 발을 묻었다

아무도 내리지 않는 역에서

창문에 손바닥을 붙이고 얼굴을 만진다

나는 어느새 이렇게 한쪽 턱만 자랐구나

이곳에 와서 왜 울고 있지?

어둠 속에 웅크리고 있으면 안심이 된다 어둠은 덩
어리 끝없이 자라고

우리는 밤이면 늘어나는 나이를 손에 꼭 쥐고 있다

달릴 수가 없는 발

의자 밑에 다리를 구겨 넣고 빛을 피할 수 있는 방
법에 대해

이 세상 밖으로 던져진 수요일

마지막에 덮게 될 담요에 대해

사라지는 순간 막차에는

비어 있는 신발들

잠이 들면

발의 밖으로 가고 싶은

영월

어제는 고체가 되는 꿈을 꾸었다. 오늘은 내가 무사히 흩어졌다. 너무 가깝지 말자. 너는 녹두빈대떡을 뒤집었다. 이 술집은 배관이 많아. 물이 흐른다. 믹서기로 물질을 가는 소리. 새벽이면 정체를 알 수 없는 옛 짐승이 침대에 누워 있어. 나는 자꾸 젖어든다. 바람이 온다. 차가운 호흡이. 폐광된 갱도 안에는 발들이 남아 있다. 끝까지 들어가지 못한 발들이 서성거린다. 오늘도 무사히. 표어 액자 모서리가 부서져 있다. 매일매일 죽음을 생각하는 것. 너무나 피로해. 석탄가루 봉우리에서 검은 얼굴로 구름이 나를 내려다본다. 너는 왜 자꾸 슬픈 노래만 부르니. 진짜 맛없는 빈대떡 같아. 개떡 같아. 술집 창문에 입김이 서린다. 그는 검은 호흡을 내뱉으며 술잔을 집어던진다. 슬픈 호흡밖에는 못 배웠어. 물에 젖은 배관은 더 이상 수리하기 싫다. 물컹거리는 발을 주무르자 손바닥이 뚝뚝 떨어진다. 밑으로 흘러가는 조명. 마모되는 것들은 은은하게 비추면 깊어진다. 우리는 마모되면서 깊어질 거야. 울고 울면 접시처럼 윤곽이 달라지겠지. 믹서기가 흘러넘친다. 너무 가까워서 그래.
식은 빈대떡 접시에 물이 고여. 이마에 묻은 검댕을
닦으며 창문가에서 옛 짐승이 노래를 부른다.

목요일의 범람

여름을 지나가면서
그는 목요일에 온다

여러 명을 떠올렸다가 흘려보내고
아무도 떠올리지 않았다가 내가 사라지고

우기의 끝
소리만 남고 모든 것은 지워진다

유리처럼 생활은 매일 부서진다

컴컴함 안에 누워 있다
바닥이 아닐지도 모른다
아무것도 아닐지도 흩어지는 소리일지도

그는 유일한 목요일에 와서
부서진 유리 조각을 주워 들고 깨진 무늬들을 보고
있다

마지막 비

그는 유리 조각을 꼭 쥐었던
붉게 물든 손을 내민다
울지 말아요 여름

바닥이 부서지고 모든 것은 흘러가고
소리가 남는다
넘친다

주술사

주검이 된 그는 목을 떨어뜨립니다 노래를 불러야 하는데, 그는 바싹 말라서 이제 퍼낼 것도 없네요

비가 오면 좋을까요 소년은 바라보고 있습니다 그의 울음이 이 길을 물들이면 좋을까요 태풍이 오려는 건지 소년의 심장을 악기처럼 불며 바람은 지나갑니다

그가 누구인지 잊지 말아야 하는데 이 살들은 왜 자꾸 흩어지는 거죠 발목이 드러날 땐 울지 못했는데 얼굴에 씌워진 가죽을 보니 왜 비명이 터져 나오는 거죠 노래는 잣나무에서 오듯 흘려보내야 하는데 나무의 뒷면에는 쓸쓸하고 참혹한 고립이 숨어 있습니다

어떤 현자에게는 들리지 않는 이름이 있다고 합니다 그런 비밀은 나뭇잎에 새겨져서 일생 동안 길 위에서 조용히, 천천히, 조금씩 떨어지고 있습니다

잠들 때마다 그의 어깨뼈에 닿는 부드러운

소년

소년은 무덤가에 주저앉아 눈을 뜨고도 잠이 들었
습니다 제단에 바쳐진 염소의 눈 죽을지도 모르고 자
기 앞에 떨어지는 흰 꽃을 주워 먹는 염소처럼

나무가 흔들리고 있습니다 뒷면을 향해

주술이 시작되고 있습니다

오늘

시간에 대해 오래 생각한다
오늘 모든 소식이 배달되었으면 좋겠다
그는 어머니의 죽은 발을 만져보고는 일어날 수가
없다
유리창 너머에 그가 있다
이것은 누구의 발인가
앉아서 구석으로 기어간다
나무 위에 재를 뿌린다
발바닥에서 땀이 난다
창틀은 그의 뒤통수를 천천히 가르고 있다
어디로 스며들었을까
재처럼 흩어지는 그의 머리칼
아무리 오래 생각해도 설명할 수 없는 일들이 있다
이 발은 어디에서부터 살인가
이 빛은 어디에서부터 피인가
오늘 모든 바람이 전달되고
먼 유랑이 시작되고
불타오르고 있는 딱딱한 이 물질은

바람을 타고 가야 할 텐데
부러질 것만 같아 그는 심장 근처를 두드린다
이것은 누구의 심장인가
죽은 발을 만진 손을 다른 손이 만져보고
나는 울 수가 없다
유리창 안에 내가 있다
비가 내린다

마흔

내가 가는 곳은 홀로 떨어져서 조금씩 떠내려가는 곳 가지 않아도 이미 세계의 끝이라는 문장을 쓰고 있다 아, 그렇다면 세계의 모든 괴물 중에 내가 제일 큰 괴물

다른 생물을 보기가 두려워라 햇빛이 쏟아지면 울고 싶고
눈물을 말려줄 빛의 입자가 퍼지는 순간

꿈속에서 죽은 오빠가 손을 잡았지 아직은 살아서 야근을 하고 있던 오빠였는데
심장에서 나무뿌리가 돋아나는 꿈

죽는 꿈을 꾸고 살아가는 순간들도 있다 비 오는 오늘은 오른쪽 가슴이 아프다 핏줄이 점점 붉어지는 왼쪽에게 전해질까 봐 밤에만 비명을 지른다 모든 왼쪽은 못 듣는 언어를 갖고 싶어

심장에 있는 뼈가 아픈 건가?

심장에도 뼈가 있어?

이제 집으로 가자 통증이 있는 곳

몸속의 어둠을 키우느라 어둠 속에서 떨고 있는
마음을 보지 못한다 추락할수록 담담해지는 세계가
있다

문상이 끝나고

홀로 죽는 사람
함께 죽는 일이란 없다

천천히 늙어가던 나는 집에 남을 수밖에 없었지
집이란 무엇인가

적색 담요를 목까지 끌어당겨 잔다
백발이 흩어지며

태어나기 이전의 일들이란
어디에 담겨 있는 걸까

누군가가 담요를 끌어당겨 운다
맨발로 차가운 입김이 번져간다

부서진 그릇
나뒹구는 손발
죽은 뒤에도 계속 싸워야 하는 걸까

혼자이지 않기 위하여
혼자이기 위하여

썩은 생선을 사고 말았다

모서리에 누워서

위(胃)를 만져보면
축축하고 물큰한 덩어리가

어린 밀수꾼

여행을 한다는 욕망도 없이 돌아오지 않고 있습니다 나에게는 돌아올 뒷모습이 없습니다 누워 있으면 밖이 더 잘 보입니다 세계의 어느 방이든 천장이 밑으로 떨어진다는데요 나는 때로 천장을 이고 거리로 나섭니다 너무 무거워서 앞으로만 가야 해요 어려서 국경을 넘었고 심장은 생기다 멈추어버렸습니다 발이 뭉개지고 나서야 그곳이 국경인 것을 알았죠 아무리 걸어도 문이 보이지 않으니 언제 멈추어야 할까요 키가 큰 나무들은 위로 올라갈수록 아래쪽으로 휘고 싶어 합니다 가장 더럽고 복잡한 구덩이에서 모락모락 냄새가 피어오를 때

나는 죽음을 좋아하는 것일까요 다정한 친구들은 만지면 바스라집니다 큰 가방을 메고 빛을 피해 걸어갑니다 무엇을 하러 은신처를 떠도는 것일까요 그림자의 밑바닥까지 들어가본 적 있어요 친구들 부서지면서 다정하고 다정한 유리병들 굳이 이곳에 있을 필요는 없습니다 아래쪽으로 휘면서 눈이 보이지 않는

128

사람들은 어떻게 색깔을 만지는지 방 안이 검은색이
라는 것을 알고 있습니다 어둠을 입습니다 이 시간은
사람이 살지 않는 구덩이 오래된 곡괭이를 불에 달구
면서 냄새에 중독되고 있습니다 마지막에 만나게 될
전리품은 무엇일까요 아즈텍의 추장들은 하늘에서 칼
을 얻었습니다 너무 무겁고 슬퍼서 돌아갈 수가 없습
니다

모래점을 친다

그의 어깨에 뒷목을 기대면
나는 안쪽이 어두워진다

빛이 파열되면서 소리가 퍼지고 있다
파도가 밀려오고
누군가 우산 속에 숨어 비명을 삼키는 소리

나는 모래 해변에 앉아 있다
어둡고 무거운 바람의 안쪽에서 불을 켠다

아프리카 어느 해안에서는
젊은 주술사가 모래점을 친다고 한다
— 비는 언제쯤 내리겠는가
  모래바람으로 무덤 모양이 만들어져 죽을 사람은
없겠는가

그가 곧 지워질 외국어로 내 출생지를 쓸 때
모래가 젖고

우산은 둥둥 뜬다
바람이 만든 봉분 안에서

불 켜진 바람이 더 깊게 어두워지고 있다
저녁이 해변을 건너가는 동안

사막 노동자

새의 기원은 미궁에 빠졌다 조심스러운 학설이다
기원이 미궁에 빠진다는 것은

음악은 사라진다 전갈이 지나간다

삽을 버리고 기다리는 중이었다
내가 너를 좋아하는 것은 죽어 있기 때문일까
내가 죽음을 좋아하는 것은

고양이

내가 핥아줄 수 있는 것은 등뼈.
바람이 오면
공중이라는 짐승 한 마리가 내 혀를 자른다.
말없이
피곤하면 슬퍼지고
붉은 살덩이 같은 심정.
자기학은 왜 희랍어로 되어 있을까.
손에 잡히지 않는 것들을 꽉 쥐어야만 하는 일의
긴 노역.
입을 벌리면
바람이 올 때
공중이 될 수 있나.
너의 등을 떠날 수 있나.
옛 짐승들은 공처럼 바람 속을 뒹굴었다고 한다.
유랑을 하기 위해서는
바람을 이겨내야 한다.
뼈가 둥글어져야 한다.

여름밤에는 모두 친해진다

우리가 조금씩 다가갈수록 별은 사라진다. 우리가 서로에게 닿았다고 생각하는 순간, 생각 밑에 있던 수정구들이 깨진다.

단 한 번의 접촉이 세계를 나눈다. 친하다는 것은 서로에게 얇은 단면이 되기 위해 별처럼 폭발하는 것일까.

나는 여름에 변하지 않는 자.

진흙에 얼굴을 묻는다. 넘어지면서 땅이 하늘이 되는 순간, 그제야 하늘의 눈빛을 만져본다.

털 빠진 개들이 주변을 뱅뱅 도는 시간. 진흙 아래서 나는 변하지 않으려고 천천히 잠이 든다.

모두가 뜨거운 순간. 갑자기 별의 안쪽이 열리는 순간. 우리는 악몽을 나누며 우리는 친해진다.

여름

내가 문을 닫을 때 그는 유리창을 연다
결핍된 것이 아니라 아무것도 없는 것일지도 모른다

여기에 있다는 사실을 떠나야 해

아프리카에는 새의 눈물을 닦아주는 나방이 있다고
한다

어두운 땅에서는 비가 오고
모든 화학식이 뒤바뀐다

죽으러 이런 곳에 다시는 오지 마

우리는 진흙탕에 손을 넣는다
두 손으로 물을 떠서 마신다

자기 목소리 바깥으로 가지

생장의 방식

맞은편 4층집 창문 밑에서 식물이 자라고 있다 아무도 심지 않았는데, 창문 안의 늙은 사람은 그것을 알지 못한 채, 멍든 등을 긁는다 이불을 끌어당겨 정수리를 덮는다 생장의 비밀을 본, 아주 사소한 나는 밤마다 낭떠러지로 떨어진다 왜 자꾸 세상이 알 수도 없는 평화*를 향해 계속해서 추락하는지, 푸른 잎이 손가락을 쫙쫙 펴서 수액을 떨어뜨린다 식물의 피, 악몽의 피, 누군가 떠난다는 사실 누구나 떠난다는 사실

장마가 지나가고 나면 악몽의 키는 커지고 이 고립은 무엇일까 너무나 사소해서 아무도 심지 않은 사람의 고립은, 창문 안에서 소리 죽여 울음을 감추던 이불 같은 사람은, 밤이면 서로를 마주 보고 사소한 격차로 떨어진다 흰 피를 흘리며 지붕이 들뜨고 창틀에 금이 갈 때 밤이 말을 하려고 한다 고요한 노역이 우리를 빛나게 하는가 이 끝나지 않은, 고되고 비밀 같은 노역이……

* 가톨릭 성가 「평화를 주노라」 중에서.

가장 확실한 자리에서 시 쓰기

황 현 산

파괴와 창조의 관계에 관한 온갖 수사학들만큼 상투적이고 속된 이미지로 가득 차 있는 것도 드물다. 파괴라는 말이 몰고 오는 불안감은 곡괭이로 낡은 벽돌담을 허무는 자리에 벌써 반짝이는 무엇이 돋아나는 그림을 서둘러 그리도록 등을 떠밀었다. 정신적으로건 물질적으로건 얼마나 많은 재개발업자들이 이 그림을 내걸고 그들의 어쭙잖은 작업을 호도하였던가. 반짝이는 것들은 곧 낡게 마련이고 여전히 같은 그림이 새로 내걸렸으며, 게다가 그 주기가 점점 짧아졌다. 새 것은 낡은 것을 닮는 데에서 그치지 않고 늘 낡은 것이었다. 어쩌면 창조를 위한 파괴란 표절의 증거를 없애기 위한 어떤 절차에 붙인 이름이었는지도 모른다. 파괴하는 일에서나 창조하는 일에서나 상상력이 과거의 낡은 것을 완전히 잊어버리기 어렵고 거기에 단 한 순간이라도 매이지 않을 수 없으니, 동일한 것의 반복이 인간적 운명이기도 하다. 일을 꾀하는 몸이 과거에 속해 있고, 새로운 것을 구상하려는 언어가 과거를 만들어오던 바로 그 언어이다. 인간은 제가 만든 것에서 그만큼 벗어나기 어렵다. 어렵다기보다는 차라리 불가능하다고 해야 할 것이다. 새로 태어난다는 말이 자주 이런저런 종교의 교리와 연결되어 있다는 것을 생각하면, 어떤 초월적인 힘에 의지해야만 가능한 일이 거기 있다고 해야 할지도 모르겠다. 그 힘은 물론 우리의 논의 밖에 있지만, 어떤 극점에 대한 또 하나의 상상력을 자극할 수는 있다. 자기라고 여겨왔던 것의 울타리를 천천히 그리고 꾸준히 깨부수고 그 생명의 바닥을 훑어내는 일이 거기서 시작될 수도 있다. 이때 파괴는 문명에 대한 어떤 기획이기 이전에 인간의 존재 그 자체에 대한 질문이 된다. 사실 존재라는 말에는 그 자체에 어떤 해체의 시선이 있다고 해야 하지 않을까. 내가 가진 것이 내 존재가 아니고, 언제 바뀔지 모르는 내 허약한 육체조차 내 존재가 아니기 때문이다.

이영주는 자주 자신이 태어나기도 전의 어떤 시점에서 자신을 바라본다. 시집의 두번째 시 「둥글게 둥글게」의 첫 두 연을 시인은 다음과 같이 쓰고 있다.

태어나는 순간에는 왜 나를 볼 수 없을까
미래 밖에서 우리는 공을 굴린다

가장 아름다운 색깔은 안쪽에 숨겨져 있다
아픈 사람의 손바닥은 늘 빨개.

"미래 밖"은 미래와 과거가 원을 이루어 순환하는 시간의 어떤 지점이다. 그것은 과거 밖의 까마득한 과거이고 미래 밖의 까마득한 미래이다. 그 순간에 태어나는 나는 '나'라고 불릴 생물학적 개인이 아니다. 시간의 원을 공처럼 굴러나는 그 둥근 나는 나를 태어나게 한 난자조차 아니며, 증조할머니를 태어나게 한 난자의 난자조차 아니다. 그것은 난자의 형이상학이며, 물질의 입자가 최초로 얻게 되는 생명의 생명, 이를테면 고양이가 되기도 하고 사람이 되기도 할 '범생명'의 한 얼굴이다. 내 안에는 그 최초의 생명이 숨어 있지만, 그 순결한 빛은 곁에 드러나지 않는다. 그러나 "아픈 사람의 손바닥은 늘 빨"갛다. 어떤 상처를 통해 감추어진 그 빛깔의 기미가 드러난다는 뜻이다. 상처는 존재가 저 자신을 보는 창이다. 상처가 하나씩 생길 때마다 숨어 있던 것이 하나씩 얼비친다. 시는 "모호한 시작 때문에 처음과 끝을 굴리는 우리는"이라는 말로 끝난다. 생명이 시작되었을 모호한 지점은 그 생명의 유기체를 온갖 상처로 허물어버린 다음에만 그 최초의 모습으로 다시 환원될 것이리는 희망이 여기 담겨 있다.

「둥글게 둥글게」가 탄생의 시라면, "오늘 이 잠이 마지막입니다"로 시작하는 산문시 「석공들의 뜰」은 죽음의 시이다. "나는 돌 위에 누워 흰 수건으로 눈을 덮고 또 다른 수건으로 눈을 한 번 더 덮습니다." 화자는 돌무덤 속으로 들어가는 자이다. 그러나 또한 화자는 해머를 들고 바위를 깨 죽음의 형상 하나를 드러내는 자이다. "곁에 있어도 떠나는 것만 같고 벼랑은 얼마나 아름다운지 두꺼운 해머를 들고 나는 끝에 서서 울었던 한낮을 떠올립니다." 죽음은 영원한 부동자세와 같다. 죽음에는 이별과 그 슬픔이 없을 뿐더러 떠나보내지 않으려는 욕망조차 없다. 우리의 허약한 생명은 죽음을 통해 얼마나 단단한 것이 되는가. 그러나 죽음은 또한 이 생명의 유기체를 영원히 돌이킬 수 없이 해체한다. 이때 죽음은 구더기가 들끓는 추문이지만 완전한 해체를 통한 순결함의 회복이기도 하다. 죽음의 현상학은 복잡하다. 시는 이렇게 끝난다.

　굴속에서 희디흰 빛으로 싸매고 있던 예수의 얼굴 오늘은 잠이 들면서 말을 합니다. 아무도 듣지 않는 말, 돌 위를 미끄러지는 말. 얼마나 잘 묶어야 진동을 견딜 수 있을까요. 두더지처럼. 추적할 수 없는 돌. 돌을 깨고 나면 우리의 생태는 죽은 살덩이로 남아 있습니다. 미끈한 돌이 완성되고 벼랑이 있습니다. 잃어버린 애인을 만나려고.

　돌 속의 부동한 자이면서 동시에 무로 해체되어버린 자

140

인 화자는 빛으로 얼굴을 덮은 다른 존재로 변화하여, 죽음과 삶의 경계, 있음과 없음의 경계인 잠 속에서 말을 한다. 그 말의 효력은 없다. 사물을 지시하지 않고 미끄러지는 말은 있음과 없음 사이를 진동할 뿐 어느 세계에도 속하지 않기 때문이다. 화자는 기껏해야 잠이 덜 깬 자의 무거운 몸의 마비를 체험할 뿐이며, "우리의 생태는 죽은 살덩이로 남아 있"다. "미끈한 돌이 완성되고 벼랑이 있습니다." 죽음 앞에서 벼랑을 만나지만 죽음 뒤에도 벼랑이 있다. 그러나 적어도 벼랑은 "잃어버린 애인"이 거기 있다는 것을 증명한다.

나의 이러한 해석은 중요한 것이 아닐지 모른다. 문제가 되는 것은 시인이 사용하는 어조에 있다. 이영주는 이 시를 문어와 구어가 교묘하게 어울린 경어체로 쓰고 있다. 문어에 논리의 줄기가 있고, 구어에 그의 '체험'이 있을 것이다. 그는 이 벼랑과 돌과 죽음을 어떤 논리에 의해서가 아니라 그의 삶에서 경험하고 있다고 해야 한다. 한 끝에는 탄생이 있고 한 끝에 죽음이 있기를 자주하는, 게다가 탄생을 말하건 죽음을 말하건 자신이 쓰고 있는 시구가 곧바로 자신의 몸으로 체험되는 이 언어적 상상력을 어떤 이름으로 불러야 할까. 비슷한 시 하나를 더 읽는다.

「야유회」는 짧은 시다.

노인들은 서로를 죽은 자로 대할 수 있기 때문에 등을 쓸어준다. 솟아오른 등뼈가 조금씩 부드러워지도록. 나는 어떤 뼈의 성분에 숨어 있었나.

머무는 곳으로부터 추방당하면서 침묵은 언어보다 크고 뜨겁게.

태어난 곳에서 가장 먼 곳. 폐기물 냄새가 모여드는 곳.

제목은 마지막 시구와 연결된다. 제가 사는 곳에서 멀리 벗어나서 노는 것이 '야유회'다. '삶'에서 벗어날수록 '죽음'에, "폐기물 냄새"에 더 가까워지는 것이 당연한 이치라면, 태어남에서 가장 멀리 떨어진 노인들의 생태는 그 자체로 야유회의 알레고리가 된다. 노인들이 서로 등뼈를 쓸어주는 이 야유회의 절정은 죽음이다. 시인은 그 뼈의 성분에 자신이 숨어 있다고 생각한다. 그의 거처는 뼛속에 있다. 그 뼈에서 가장 멀리 떨어져 있는 그의 삶은 그래서 또한 '야유회'의 자리, 다시 말해서 "폐기물 냄새가 모여드는 곳"이다. 그런데 "침묵은 언어보다 크고 뜨겁게"라는 말 다음에는 어떤 말이 와야 할까. 언어보다 침묵이 더 크고 뜨거워야 한다는 뜻일까. 아니 그러기 전에 크게 군림하는 것은 침묵이라는 뜻일까. 그렇다면 그때 "뜨겁게"는 침묵을 깨부수고 일어설 수 있는 언어에 대한 열망일 것이다. 침묵은 거대하지만 언어의 열망에 비례하고 그 열망에 의해 뜨거워진다.

이영주가 자신이 태어나기도 전의 시간에서 자기 존재를 바라본다는 말은 자기 존재에서 탄생과 죽음만을 본다는 말이 된다. 그는 자신의 시가 어떤 능력이나 품성으로 환원될 수 없는 존재, 더 이상의 해체가 가능하지 않은 존재에서부터 시작되기를 바란다. 그것을 독창성에 대한 과대한 기대나 욕망이라고 말할 수도 있겠지만, 그 타고난 자기 해체의 상상력은 특히 그가 자주 쓰는 메타 시에서 그 생산력을 증명한다. 시「고양이」는 자기해체의 상상력으로 시 쓰기의 노역을 은유하는 시다. 전문을 적는다.

내가 핥아줄 수 있는 것은 등뼈.
바람이 오면
공중이라는 짐승 한 마리가 내 혀를 자른다.
말없이
피곤하면 슬퍼지고
붉은 살덩이 같은 심정.
자기학은 왜 희랍어로 되어 있을까.
손에 잡히지 않는 것들을 꽉 쥐어야만 하는 일의 긴 노역.
입을 벌리면
바람이 올 때
공중이 될 수 있나.
너의 등을 떠날 수 있나.

옛 짐승들은 공처럼 바람 속을 뒹굴었다고 한다.
유랑을 하기 위해서는
바람을 이겨내야 한다.
뼈가 둥글어야 한다.

'나'라고 하는 고양이가 또 다른 고양이의 등뼈를 핥는다. "바람이 오면"의 '바람'은 말 그대로 바람이면서 동시에 그 효과를 뜻하는 말이다. 그 효과는 물론 정전기가 혀에 방전되면서 느끼게 되는 칼날 같은 짜릿함이다. 그러나 효과는 바람처럼 사라져 저 "공중" 곧 '무'의 한 자락이 된다. 혀는 강한 자극을 받았지만, 그 자극이 곧바로 언어의 힘으로 바뀌지는 않는다. 그 바람과 같은 것이 되어 그 바람에 말을 실어야 할 혀는 "붉은 살덩이"로 돌아가고 말 것 같다. 전기는 자성을 띠기도 하는데, 그 자력이 칼날의 자극을 혀에 붙잡아주지는 못하는 것일까. '자기학'의 영어 'magnetism'은 희랍어 'magnes'에서 유래한 말이다. 말할 수 없는 것들, "손에 잡히지 않는 것들을 꽉 쥐어야만 하는 일"의 노역은 저 고대에서 벌써 시작된, 그러나 여전히 이루지 못한 과업들이다. 혀가 '바람-효과'와 하나가 될 때, 혀의 말은 '바람-공중'과 하나가 될 수 있을까. 아니 그렇게 혀가 바람의 촉수가 되듯 온몸이 '바람-촉수'가 되어야 할 것이다. "옛 짐승들은 공처럼 바람 속을 뒹굴었다고 한다." 온몸이 촉수가 될 때 몸은 공처럼 둥글 것이다.

시는 그래서 다시 "모호한 시작 때문에 처음과 끝을 굴리는" 저 「둥글게 둥글게」로 돌아간다. 존재의 비밀은 시가 탄생하는 비밀과 같다. 그리고 그 비밀은 과거를 벗어난 과거, 미래보다 더 먼 미래에서만 보인다. 탄생의 기원은 알 수 없으며, 시 쓰는 일은 불확실한 바탕에서만 지속된다. 「사막 노동자」도 짧은 시이다.

　　새의 기원은 미궁에 빠졌다 조심스러운 학설이다 기원이
　미궁에 빠진다는 것은

　　음악이 사라진다 전갈이 지나간다

　　삽을 버리고 기다리는 중이었다
　　내가 너를 좋아하는 것은 죽어 있기 때문일까
　　내가 죽음을 좋아하는 것은

"새"는 물론 시의 알레고리이다. 시의 기원이 "미궁"이라고 주장하는 학설은 두 가지 점에서 위험하다. 학술의 관점에서는 시를 신비화한다는 점에서 위험하고, 창작의 관점에서는 시 쓰기가 확고한 기반을 가질 수 없다는 점에서 위험하다. 시인을 실제로 위협하는 것은 두번째 위험이다. (이 점은 이 주장이 신비화가 아니라 사실의 진술임을 말해준다.) 시인은 시의 생명인 음악이 사라지고 죽음의 전

같이 지나가는 사막에 서 있다. 그가 지금 모래밭에 버리는 삽은 주검을 묻기 위한 것이었을까, 시를 그 기원에서 파내기 위한 것이었을까. 그 두 행위는 동일한 것이거나, 다르더라도 그 절차가 다를 뿐이라고 말해야 할 것 같다. 시인은 새처럼 생동하며 날아가는 시를 느끼지만, 그것은 죽음의 형식으로만 손에 붙잡힌다. 어둠 속에서 시를 발굴한다는 것은 곧 시의 주검 하나를 묻는 것과 같다. 시인이 "좋아하는 것은" 죽음이 아니다. 다만 그것은 죽음의 형식으로 올 뿐이다. 탄생과 죽음은 맞닿아 있다. 그 사이에 생장과 성숙은 없는가.

시집의 마지막 시의 제목은 「생장의 방식」이다. 존재의 비밀과 시의 탄생 비밀이 자주 겹치는 이 시집의 결론이라고 부를 수도 있고, 이 주제에 대한 가장 산문적인 설명 (이 시가 산문시이기 때문만은 아니다)이라고 말할 수도 있을 것 같다. 두 문단으로 구성된 이 산문시의 첫 문단을 적는다.

맞은편 4층집 창문 밑에서 식물이 자라고 있다 아무도 심지 않았는데, 창문 안의 늙은 사람은 그것을 알지 못한 채, 멍든 등을 긁는다 이불을 끌어당겨 정수리를 덮는다 생장의 비밀을 본, 아주 사소한 나는 밤마다 낭떠러지로 떨어진다 왜 자꾸 세상이 알 수도 없는 평화를 향해 계속해서 추락하는지, 푸른 잎이 손가락을 쫙쫙 펴서 수액을 떨어뜨린다 식

물의 피, 악몽의 피, 누군가 떠난다는 사실 누구나 떠난다는
사실

시인이 맞은편 창문에서 보는 "늙은 사람"은 "아주 사소
한" 그 자신과 같은 사람일 것이다. "아무도 심지 않았는
데" 홀로 자라는 식물도 그 자신의 한 모습일 것이다. 시
인은 이렇게 메말라 쇠락하는 자신의 처지와 생장하는 그
생명의 기운을 함께 보지만, 그것들은 분열된 모습으로만
그의 눈에 들어온다. 시인은 의식하지 않을 때만 탄생하고
자란다는 그 "생장의 비밀"을 깨달았지만, 그 특별한 식물
의 비밀은 시인을 고무하기보다는 오히려 악몽에 빠뜨린
다. 생장은 그의 의지를 벗어나 있기 때문이다. 한 사람이
죽는다는 사실이 모든 사람이 죽는다는 사실을 말해주듯이
한 생장의 비밀이 주체의 의지를 벗어난다는 것은 모든 생
장이 그 의지를 벗어난다는 것을 증명한다. 두번째 연에서
이영주는 적는다. "창문 안에서 소리 죽여 울음을 감추던
이불 같은 사람은, 밤이면 서로를 마주 보고 사소한 격차
로 떨어진다"고. "사소한 격차"는 탄생하는 시간과 그것을
의식하고 의지 속에 수용하는 시간 간의 격차다. 이 격차
때문에 탄생하는 생명을 누리며 시를 쓰는 일은 늘 사후
(事後)의 일이자 사후(死後)의 일이 되고 만다. 그러나 식
물이 "흰 피를 흘리며", 다시 말해서 그 수액을 흘리며 시
인에게 영감을 줄 때, 그래서 시인이 저 혼자 난리를 피우

며 "지붕이 들뜨고 창틀에 금이 갈 때 밤이 말을 하려고 한다". 그 "고요한 노역이 우리를 빛나게" 하겠지만 그 격차가 완전히 해소된 것은 아닐 것이다.

이영주의 세번째 시집 『차가운 사탕들』은 시 쓰기에 관한 시들을 여러 편 담고 있다. 일상을 가르고 솟아오르는 시가 시인의 의식과 의지에 의해 시의 말로 바뀔 때 그것은 항상 죽음의 모습을 벗어나지 못한다. 탄생과 죽음 사이에 생장은 없다. 탄생하는 시와 그것을 거두는 시의 말 사이의 격차는 해소되지 않는다. 어찌 보면 그 격차는 거북이와 헤라클레스의 격차와 같은 것이 아닐까. 이영주가 이 비밀을 모르는 것은 아니다. 그는 자신의 시 쓰기를 가장 확실한 터전 위에 앉히고 싶을 뿐이다. 그의 고역은 젊은 세대 시인들 전체에 파급될 시의 존재론과 시작 방법론의 정립에 하나의 계기를 만들어줄 것이 분명하다. 이제 이영주는 제 창조의 주인이 되려 한다. 그러나 주인의 권리는 어디까지일까. 가끔 창밖을 내다보며 거기 자라는 식물을 발견하고 내 시가 저기 있다고 말하는 정도가 아닐까. 헤라클레스는 자신과 거북이의 거리를 계산하기 전에 벌써 거북이보다 앞서 있다. 사람살이와 시의 창조에서는 단순한 포기가 거대한 모험으로 통할 때가 있다. ▨